AF314414

Ye

14 82

LES TROIS MOTS,

SATYRES.

PAR LOUIS-FRANÇOIS LORMIAN,

du Lycée de Paris.

A PARIS,

Chez J. G. DENTU, Impr.-Libr., Palais-Egalité,
galeries de bois, n.° 240.

AN VIII.

Il a été tiré quelques exemplaires sur papier vélin.

MON PREMIER MOT.

Paris, dont la splendeur nous consolait d'Athène,
Qui t'a pu transformer en une vile arène,
Où des gladiateurs, l'un sur l'autre acharnés,
Ameutent autour d'eux les badauds étonnés?
Long-temps, avec orgueil, le dieu de l'harmonie
Vit briller dans tes murs le flambeau du génie,
D'un règne florissant il goûtait les douceurs;
Alors les favoris des immortelles Sœurs,
Dignes de leurs bienfaits, aux lois du goût fidelles,
Dessinaient leurs travaux sur de hardis modèles,
Consacraient ton éclat par de nobles accens,
Et du monde enivré te rapportaient l'encens.
  Oh! qu'ils sont loin de nous ces jours remplis de charmes!
En proie aux longs tourmens, aux mortelles alarmes,
L'auguste poésie, à travers les poignards,
S'échappe en frémissant du temple des beaux arts:
Reine sans diadême, amante délaissée,
Elle pleure sa gloire à jamais éclipsée.
Et, cependant assis sur ses pompeux autels,
Le faux goût, usurpant l'hommage des mortels,
D'une foule parjure accueille les offrandes
Et du temple envahi disperse les guirlandes.
Hélas! tout est tombé sous ses rapides coups;
Une horde vandale, embrassant son courroux
Des arts épouvantés consomme la ruine.

Un long crêpe s'étend sur la double colline,
Et les Muses en deuil, dans leurs bosquets déserts,
De lamentables cris font retentir les airs :
Mais l'écho seul répond à leur douleur stérile.
Sommes-nous donc aux temps marqués par la Sibille?
Où me sauver! où fuir! quelle rage , bons dieux!
De rimeurs forcenés quels flots séditieux!
Quel esprit infernal , leur soufflant son délire,
Arme leurs faibles mains du fouët de la satyre ?
Quel damné colporteur, leur prêtant son appui,
Voiture, avec leurs vers, le dégoût et l'ennui?
Et, je pourrais prêter une oreille indulgente,
Aux stériles accords de leur Muse indigente!
Et, paisible lecteur de ces obscurs pamphlets,
Qui d'un peuple excédé réveillent les sifflets ,   .
Je verrais sans frémir tant de sots en extase!...
Non certes : viens à moi mon vieux et bon Pegaze,
Tu dois être dispos; car, soit dit entre nous,
Nos graves immortels de ton repos jaloux
Ont voulu ménager tes pas et ton haleine;
Ils se sont contentés de l'âne de Silène.
Que penser, réponds-moi, d'un tel débordement?
Toi-même, dans l'excès d'un juste étonnement,
Je te vois à l'écart secouer les oreilles ;
Beau début? me dit-on ? sur ces rares merveilles
Consulter un cheval! —Pourquoi non, s'il vous plaît ?
Son goût est-il moins sûr que celui de Pillet ?
Le vit-on , en faveur de tant de Sganarelles,
Déployer follement ses poétiques ailes ?
Le vit-on, au mépris du père de Macbeth ,

Porter l'auteur d'Ophis ou celui de Lisbeth,
Ou tel qui fit jadis d'une voix sépulcrale
Hurler Médée, à lui comme à Jason fatale?
De combien de grimauds blêmes et pantelans,
Au bas de l'Hélicon l'un sur l'autre roulans,
Il sut d'un pied nerveux repousser la cohorte?
— Jeune homme, y songez-vous? quelle ardeur vous transporte?
Redoutez de Clément les doctes numéros,
Du moderne Hélicon respectez les héros;
Ou craignez qu'Atticus blessé de l'incartade,
N'aille de votre nom égayer la *Décade*.
Pouvez-vous sur les pas du sublime *Chénier*,
Comme lui, chaque jour, ceindre un nouveau laurier,
Et, trempant dans le fiel vos pinceaux *populaires*,
Barbouiller d'un seul trait *Léger* et *Sourriguères?*
Ah! cessez d'espérer que vos cris impuissans
Du Juvénal français égalent les accens.
— Les égaler! qui, moi! que le ciel m'en préserve!
Je crains trop les écarts de sa bouillante verve.
Seulement, quand piqué par les grimauds divers
Qui blasphêment son nom, et sa prose et ses vers,
Je le vois en vainqueur défendre sa couronne,
Je songe à ce manant que la foule environne:
De ses chevaux rétifs il veut hâter les pas,
Il fait claquer son fouët, et ne s'aperçoit pas,
Tant sa fureur l'aveugle en ce désordre extrême,
Que ses coups égarés n'atteignent que lui-même.
Mais vous, preux chevalier de tant de mirmidons,
Que Sottise caresse et comble de ses dons,
Pouvez-vous, sans bâiller, lire leurs rapsodies?

Eh ! qui ne bâillerait à leurs cent tragédies,
A leurs poëmes lourds par l'oubli réclamés,
A leurs chants *écossais* en visigoth rimés ?
Comment voir, sans ennui, la raison négligée,
Le bon goût en défaut et la langue outragée ?...
— Vous parlez de la langue, et fût-elle jamais
Plus pompeuse en ses tours, plus riche en ses effets ?
Gloire à ceux dont l'audace étendit ses limites ;
C'est ramper que marcher dans les bornes prescrites.
De *l'immortel* Lebrun mesurez la hauteur :
Voyez-le, déployant son vol dominateur,
Ceint de foudres, d'éclairs, traverser l'empirée,
Et s'ouvrir dans le *vide* une route ignorée.
On connaît dans Paris son pouvoir souverain :
Les vers qu'il martela sont plus *durs* que *l'airain*.
A des *insectes rois* il déclare la guerre ;
Il fait *rire* son arc, *enivre* le tonnerre ;
Roule un bleuâtre *éclat* dans des yeux menaçans,
Ne craint pas de mourir, *fier* de *sortir* du *temps* ;
Fait au front d'un monarque *expirer* la couronne,
De la postérité hardiment s'*environne* ;
Dénonce à Flore, au lys l'*insolence* des vents ;
Jusqu'au sein des enfers *porte* ses pas *vivans*.
Peint de gloire et d'orgueil, les *ames effrénées*,
Se plongeant à sa voix *au fond des destinées*,
Et, roulant d'un essor subit, *inattendu*,
A travers le péril et *l'obstacle éperdu* ;
Jeune de verve, vole en des plaines arides
Pour *imposer silence* aux hautes pyramides ;
Tente le vaste Olympe, et, *libre* d'ennemis,

S'assied en conquérant sur les siècles soumis.
Chénier nous parle-t-il de la philosophie?
A ses sucs *généreux* sa Muse sacrifie.
Les torrens, à grand bruit, tombant du haut des monts,
Sous sa plume de feu vont *sécher* les sillons.
Voilà, monsieur, voilà les fruits d'un vrai délire:
Qui ne peut l'imiter se permet d'en médire.
Tout le reste pourtant n'est qu'un fade jargon
Où se traîne à pas lents la timide raison.
—O ciel! et sans rougir, votre Phébus préfère
Ce vain luxe de sons, ce pathos somnifère,
A l'éclat d'un vers pur, simple, mélodieux,
Avoué par le goût, inspiré par les dieux,
Et qui, de tant d'apprêt, dédaignant l'imposture,
En fidèle miroir réfléchit la nature.
—Vous m'insultez, monsieur.—Qui, moi vous insulter?
A l'arrêt du public que peut-on ajouter?
—Savez-vous qui je suis? —Non; mais je le soupçonne.
— Monsieur, Roucher jadis fit cas de ma personne.
Par moi cinq chants d'Homère ont été rajeunis;
Je siége à l'Institut, et j'ai nom Cabanis.
—Tout doux, mon cher docteur, si j'ai bonne mémoire,
Vous avez pour Turgot sollicité la gloire;
Pourrais-je m'étonner de vous voir aujourd'hui
De nos illuminés le généreux appui?
—Oui, j'ai loué Turgot, et je soutiens encore
Que d'un triple laurier Appollon le décore.
Quelles rimes! quel nombre et quel entassement!
Chez lui tout se revêt d'un nouvel ornement;
Et chacun de ses vers, *comme* un *vaste* nuage,

De *l'étendue* au loin *embrasse* le *rivage.*
Delille, qu'on s'obstine à couronner de fleurs,
N'a-t-il pas de Turgot emprunté les couleurs?
— Quoi! vous raillez aussi notre aimable Virgile;
Chassé par vous du Pinde où sera son asile?
Faudra-t-il, immolant le goût et la raison,
Lui préférer Saint-Ange assassin de *Nason?*
Lui qui peint Marsias, que le dieu de la lyre
Punit en l'écorchant, d'une injuste satyre,
Et qui ne songe pas qu'à son original,
Lui-même il fait subir ce supplice infernal.

Faudra-t-il, pour flatter l'erreur qui vous abuse,
Vénérer de Garat la logique diffuse,
Trouver Léonidas un opéra charmant,
Et de Timoléon vanter le dénoûment?
La liberté des arts fait le bonheur du monde:
Quand chacun à l'envi, glose, commente, fronde,
Au rôle de lecteur je me verrais borné!
J'admirerais, hélas! ce pauvre Ginguené,
Confesseur de Zulmé, grace à l'ami Grouvelle!
Des contes de *Verdun* la sotte kirielle!
De Cubières-Dorat les innocens hochets;
Boisjolin décrivant les truïtes, les brochets;
Chénier, rimeur gaulois de fragmens scandinaves;
Bitaubé le benin, vieux père des bataves;
Delangle l'aristarque, et l'absurde Rosni!
Ah! dût leur bataillon contre moi réuni,
M'envelopper par-tout, et par-tout me maudire,
Ils ne sont pas au bout, j'ai *trois mots* à leur dire.
— Ainsi dans les remparts de l'antique cité,

Que remplit Appollon de sa divinité,
De tant de beaux esprits, mère auguste et savante,
Dans ce Paris célèbre, et que l'Europe vante,
Vous ne trouverez pas un poëte fameux.
Mais, que dis-je ? à dessein vous détournez les yeux
De tous ces champions, orgueil de la carrière.
Tel le triste hibou que blesse la lumière,
D'une funèbre voix, lamentant ses regrets,
Insulte aux doux accords du chantre des forêts.
—Vous vous trompez, docteur, loin de moi la pensée
D'exercer au hasard ma critique insensée.
Il est quelques auteurs dont j'honore le nom ;
Tout en sifflant Ophis, j'admire Agamemnon.
Si Pindare *Brunet* extravague dans l'ode,
De ces petits quatrains par fois je m'accommode.
Je sais que sur un luth, par les Grâces monté,
Parny de l'âge d'or chanta la volupté ;
Que, Tibulle nouveau, des guirlandes de Flore
Il émailla le sein de son Eléonore :
Mais, quand tout lui payait un tribut si flatteur,
Devait-il avilir son talent enchanteur,
Et, quittant les pinceaux du Guide et de l'Albane,
Adopter de Clinchthel la palette profane ?
Dans nos murs cependant il est des écrivains
Dont la lyre sacrée ennoblit les destins,
Qui, chers aux doctes Sœurs et dignes de leur plaire,
Brûlent un encens pur jusqu'en leur sanctuaire.

Ducis, de Melpomène agitant les flambeaux,
Epouvante nos sens de l'horreur des tombeaux ;
Arnault, noble soutien du superbe cothurne,

M'attendrit à Venise ou m'effraie à Minturnes.
J'aime de Legouvé les sensibles écrits;
Et soit que, dans Abel ou dans Epicharis,
Il nuance avec art des sentimens contraires,
Je sens mes yeux mouillés de pleurs involontaires.
Vigée unit l'esprit, la grâce et l'enjoûment;
Son vers est toujours pur, son coloris charmant.
Doux rival de Gallus et disciple d'Ovide,
Que Deguerle rassure une amante timide,
Il le peut : ses accords sont chéris d'Appollon ;
Et, si je veux quitter les sommets d'Hélicon,
J'aperçois Rœderer, dont l'esprit juste et ferme
Sait des erreurs du temps nous découvrir le germe;
Qui des lois et des mœurs inébranlable appui,
Foule les nains sanglants déchaînés contre lui.
— Je m'enfuis — Quoi! déja vous quittez la partie ?
Cette noble fierté déja s'est démentie ?
Vous fuyez, tout surpris qu'à ces noms révérés
Ne brillent point unis tant de noms ignorés ?
Vous m'opposez Garat, ce régent du Permesse,
Qui promet d'être lourd et qui tient sa promesse ;
Et ce grand Boisjolin , noble appui des beaux arts,
Que Merlin proclama poëte au Champ-de-Mars.
O fol aveuglement de la faiblesse humaine!
Le conteur Andrieux se croit un Lafontaine;
Palissot un Boileau , quand par-tout la raison
D'une rime honteuse accompagne son nom.
Dans ce trajet si court qu'on appelle la vie,
La sottise à l'orgueil sera toujours unie.
Tels ils furent jadis, et tels ils sont encor.

Chénier prend son cornet pour une *lyre d'or*.
Dans ses bonds convulsifs, Desorgue l'empyrique
Se croit *tout ombragé* du laurier pindarique.
Pigault Lebrun, lui-même en son obscurité,
Calcule tous ses droits à l'immortalité;
Et l'hébêté Victor, à la mâchoire d'âne,
Sous de sales haillons fièrement se pavane.
Froids avortons, dieux nains, que le goût a proscrits,
Anathême éternel à vos fades écrits !
Tant qu'un reste de sang battra dans mes artères,
Tant que ma main, traçant de hardis caractères,
Pourra de son courroux instruire le papier,
Vous saurez quels forfaits il vous faut expier.
— Continuez en paix vos burlesques boutades;
Le devoir me rappelle au lit de mes malades :
Que de temps, juste ciel! perdu sans dire un mot!
Je pouvais le remplir en relisant Turgot.
Mais ne vous flattez pas que d'une telle injure
Je . . . Vous me reverrez dans le prochain Mercure.
Vous ne connaissez pas le courroux d'un auteur,
Qui...le temps fuit...adieu.—Sans rancune, docteur.

NOTES.

Paris, dont la splendeur, etc.

On s'aperçoit aisément que cette apostrophe est imitée des lamentations de Jérémie. Le plus larmoyant des prophètes aurait eu plus de raison encore de s'appitoyer sur le sort de Jérusalem, si des pigmées satyriques avaient inondé cette capitale de la Judée.

Redoutez de Clement les doctes numéros, etc.

Que dirai-je contre lui ? rien : sa Médée parle mieux que moi.

Ou craignez qu'Atticus, etc.

Say, un des rédacteurs de la Décade. Je devrais peut-être signaler toutes les petites manœuvres de cet indigeste recueil. Mais une réflexion m'arrête : on pardonne tout aux mourans.

De l'immortel Lebrun, etc.

Toutes les expressions soulignées se retrouvent dans les diverses poésies de cet auteur. Jamais peut-être on n'a poussé plus loin le néologisme et l'abus des mots. Voltaire à qui dans les dernières années de sa vie on lisait une ode de Lebrun, s'écria : « Je n'entends plus le français ». Il était loin de penser alors qu'à la fin du dix-huitième siècle ce petit Brunet que lui comparait le Pont-Neuf, serait surnommé Pindare, que lui-même se proclamerait immortel, et que les Say et les Mazoyer l'en croiraient sur parole.

Je siège à l'Institut et j'ai nom Cabanis, etc.

Cabanis, employé à l'Institut national dans la classe des sensations et des idées. Lecteurs éclairés, voulez-vous voir jusqu'à quel point la méthode analytique a perfectionné son jugement, lisez dans le Mercure sa dissertation sur le premier livre des Géorgiques traduit par Turgot. Vous y verrez que la langue française n'est point encore assouplie ; comment il se fait qu'un traducteur qui enlève un seul mot à son original, est comparable à cet athlète qui veut arracher un clou à la massue d'Hercule. Vous y verrez.... Mais si vous pouvez la lire, que n'y verrez-vous pas ?

Chassé par vous du Pinde , etc.

On soupçonne qu'il règne un peu d'ironie dans ce morceau.

Vénérer de Garat la logique diffuse , etc.

Garat, non pas le moderne Orphée, mais l'ancien ministre. Personne ne fait mieux que lui la dissection métaphysique d'un vers français.

Boisjolin décrivant les truites, les brochets, etc.

Connaissez-vous Boisjolin ? — Non. — Mais il a traduit la forêt de Windsor.—Je l'ignorais.—Mais il rédige la Décade.— Je l'ignorais. — Je vous le pardonne. On ne peut pas tout savoir.

Devait-il dégrader son talent enchanteur, etc.

Pourquoi, lorsque Parny pouvait passer sans tache à la postérité, lorsque la France l'avait justement nommé le premier de ses poëtes érotiques, a-t-il flétri la fin de sa carrière par un bizarre poëme que reprouvent ensemble la morale et les mœurs ? Ce n'est point lorsque tous les liens sociaux sont relâchés, que l'irréligion est une vertu, qu'il est hardi de publier un pareil ouvrage.... Chantre aimable d'Eléonore, on s'est plaint long-temps de ton silence !......Devais-tu le rompre ainsi ? ...

Adopter de Clinchthel, etc.

Clinchthel, peintre hollandais, fameux pour les obscénités.

J'admirerais hélas ! ce pauvre Ginguené, etc.

Une note pour lui serait superflue. Tout le monde doit connaître la préface des œuvres de Champfort.

J'aime de Legouvé les sensibles écrits , etc.

Legouvé, le seul avec Arnault et Ducis qui fassent parler à Melpomène son véritable langage. Il y a des beautés du premier ordre dans toutes ses pièces, mais le cinquième acte de son Epicharis est sur-tout un chef-d'œuvre. Il paraissait presqu'impossible d'y soutenir l'intérêt ; et cependant Néron , joué avec une chaleur admirable par Talma , déchire l'ame et même y réveille quelques sentimens de pitié.

Arnault noble soutien du superbe Cothurne , etc.

Marius à Minturne avait donné une haute idée de son talent dramatique. Blanche et Moncassin viennent de le faire paraître dans un jour encore plus brillant. La Décade seule trouve qu'il donne des espérances et qu'il mérite d'être encouragé... Rien ne manque plus à sa gloire.

Vigée unit l'esprit, etc.

La comédie de l'Entrevue, la Journée , les Visites assurent à cet auteur un rang distingué dans notre littérature. Son style a toutes les grâces, tout l'aimable abandon de Dorat , sans en avoir le néologisme et l'afféterie.

Doux rival de Gallus....

Deguerle, ce jeune littérateur, est plein de talent et d'érudition. Sa traduction de la guerre civile, ses élégies jouissent d'une estime méritée.

Qui promet d'être lourd et qui tient sa promesse.

Voyez Garat dans la Clef-des-Cabinets s'exprimant en ces termes : « On va me trouver lent, lourd, mais je déclare que je veux l'être ».

Desorgues, écolier fougueux de Lebrun. Imagination délirante, néologisme profond, verve déreglée, voilà ce qui le caractérise.

Et l'hebêté Victor.....
Sous de sales haillons fièrement se pavane.

Lisez la satyre des Mœurs.

MON SECOND MOT.

Puisqu'un démon railleur est le dieu de vos rimes,
Puisqu'à tout prix enfin il vous faut des victimes,
M'a-t-on dit, et pourquoi n'en choisissez-vous pas
Parmi tant de grimauds pullulant sous nos pas ?
Ah ! qu'ils demandent grace, et qu'aucun ne l'obtienne.
Changez leur Capitole en roche Tarpéïenne ;
Renversez à vos pieds, consternés et tremblans,
Ces Zoïles poudreux, ces Marsias sifflans :
Qu'ils paraissent à nu ; riez de leurs bévues,
De leurs longs *jugemens*, de leurs longues *revues*,
Noirs et sales pamphlets dérobés à l'égoût.
Vengez tout à-la-fois la raison et le goût :
De la vérge et du fouët que votre main armée
Chasse au loin devant vous cette horde pigmée,
Qui colporte en tous lieux ses chef-d'œuvres mesquins,
Et du sacré Vallon encombre les chemins.
Parlez du jour fatal où, sous des coups profanes,
Thémistocle en hurlant descendit chez les mânes.
Osez de *Geneviève* étaler les lambeaux,
Et réveiller *Ophis* du sommeil des tombeaux.
Sous les transteverins que Desorgues succombe ;
Des romans de Pigault faites une hécatombe ;
Couronnez de chardons le front enorgueilli
Et de Jean Masoyer et de Jacques Bailli.
Epouvantez Victor de ses propres éloges ;

Baillonnez Fabien , et que Leclerc des Vosges
Retiré par vos soins des mares d'Hélicon ,
Abandonne aux sifflets et ses vers et son nom.
Offrez-nous sans pitié l'auteur d'*Alexandrine* ,
Tossa de *Ragouleau* méditant la ruine ;
Le grave Petitot, tout meurtri de *Pison* ,
Guis, honteux du succès qu'obtint *Anacréon* ;
Et Chaussard, et Cournand, atlas de la Décade,
Chaussard maussade et lourd , Cournand lourd et maussade,
Delrieux boîtant encor de son dernier revers ,
Boisjolin à Delille extorquant quelques vers ;
Fenouillot , Moutonnet , Duvineau, Bonneville ,
Labennete , Mortier, Pillet , Drobecq , Fréville ,
Pin , Patrat, Petelard , Petitain , Duchozal,
Langle , Grand de la Leu , Groubert de Groubental....
Un moment, par pitié, souffrez que je respire.
Qui moi! les dévouer aux traits de la satyre !
Moi , troubler en son cours leur paisible loisir !
Et pourquoi ? Laissons-les , au gré d'un vain desir,
Nouveaux Bellerophons , poursuivre la Chimère.
Qu'à trente sous par jour, leur plume mercenaire
Travestisse en gaulois quelques romans anglais ,
D'une Miss en délire effroyables essais.
Qu'ils ceignent en espoir une illustre couronne.
Cet espoir est si doux! il ne nuit à personne;
Personne ne connaît leur Appollon disert ;
Et nouveaux Jeans , leur voix prêche dans le désert.
Mais ceux qu'ont assailli mes rimes véridiques ,
Dont ma main renversa les trônes fantastiques ,
Qui de leur chute encore et froissés , et meurtris,

M'abreuvent d'opium , m'importunent de cris ,
Je devais leur porter une atteinte certaine.
En effet , les écarts de leur Muse hautaine.,
Leurs longs aléxandrins , leur ton sentencieux
En imposent aux sots et fascinent les yeux.
L'un siége à l'Institut, où sa verve ampoulée
Charme au moins trois fois l'an une docte assemblée ,
Bien sûre d'applaudir à des vers ravissans ,
Puisqu'ils sont par l'Etat payés quinze cents francs.
L'autre des *Rosati* remplit une veillée :
A peine on l'entrevoit, la foule émerveillée ,
Tandis que d'un pas grave il gagne le fauteuil ,
De nombreux claquemens chatouille son orgueil.
Là sont et l'épousée, et la sœur, et la mère ,
Le parrain , le neveu , le cousin , le beau-père ,
Toute la parenté dont les efforts divers
Ont préparé d'avance un triomphe à ses vers ,
Qui bientôt, recueillis par des mains caressantes ,
Vont enfler d'un journal les pages innocentes :
L'auteur ainsi fêté prend un rapide essor.
   A ces petits moyens ils ajoutent encor.
Chacun tient sous ses lois une petite armée ,
Qui d'un faubourg à l'autre étend sa renommée ,
Au lit des chastes Sœurs établit tous ses droits ,
Et lui prête en tous lieux l'égide de sa voix.
Voyez chaque soldat, embaucheur littéraire ,
Assiégeant d'un café le banc héréditaire ,
Exalter de son chef les sublimes travaux ,
Le proclamer sans maître , et sur-tout sans rivaux.
Le nouveau débarqué, d'une oreille stupide ,

Ecoute avidement le moderne Seïde.
Il n'entend pas grand'chose à tout ce vain fracas;
Mais d'autant plus séduit qu'il ne le comprend pas.
—Citoyen, ce Chénier est donc un bien grand homme!
—Pouvez-vous en douter? tout Paris le renomme;
Et dans la République est-il un seul canton
Où le chant de Méhul n'ait fait passer son nom?
Tout s'enflamme aux accords de sa lyre *divine;*
C'est le Barde des Francs, c'est le second Racine.
Mais justement, ce soir on donne Charles-Neuf,
Son chef-d'œuvre : venez, vous entendrez du neuf.
Notre homme d'y souscrire et de lui rendre grace.
Au parterre tous deux ont déja pris leur place.
Le tragique rideau soulevé lentement,
Disparaît. Vingt grimauds sont dans l'enchantement;
Les billets dont Joseph gratifia leur zèle,
Impriment à leurs mains une force nouvelle.
—Que vous en semble? eh bien! ce plan est-il hardi,
Cette marche savante, et ce vers arrondi!
Sophocle chez les Grecs, chez les Français Corneille
Furent-ils possesseurs d'une touche pareille?
L'initié qui craint de passer pour un sot,
Par l'exemple entraîné, hasarde aussi son mot:
Il vous dira que Phèdre, Esther, Iphigénie,
Décèlent du talent, mais fort peu de génie.
Là-dessus, en lui-même, il fait le doux serment
D'apporter un Chénier dans son département.
    Cependant tous les chefs, par d'autres stratagêmes,
Tentent de raffermir leurs tremblans diadèmes;
Et par mille détours, par mille soins divers,

Cherchent à faire un sort au moindre de leurs vers.
Viennent-ils d'ébaucher un monstrueux ouvrage?
D'un éloge extatique ils briguent l'avantage.
Mais comment l'obtenir? Par fois certains journaux
Se sont donné les airs de tancer leurs égaux.
Ils rassemblent alors leur petite phalange;
Tel y prend Boisjolin, et tel autre Saint-Ange.
Les benets, tout gonflés d'un choix aussi flatteur,
Sous la propre dictée et les yeux de l'auteur,
Abreuvent le papier d'un encens lourd et fade.
La Clef-des-Cabinets, la bénigne Décade,
Ont, de l'apothéose, orné leurs numéros.
Le nom de l'Immortel, au milieu des bravos,
Va, graces au courrier, de sa bonne fortune,
Périodiquement remplir chaque Commune.

Redresseurs prétendus des injures du goût,
Ils guettent le talent, le surveillent par-tout;
D'une phrase échappée à sa plume hardie,
Ils savent méchamment faire la parodie;
Au passage saisir un court instant d'erreur,
Et jusques sur son char gourmander le vainqueur.
Leur maintien en public est grave et méthodique.
On dirait, à les voir, que d'un poëme épique
Ils digèrent le plan, ils compassent les tours.
Dans un cercle bruyant ils sont muets et sourds.
Le spectateur, jouet de ces petites ruses,
Se sent d'un saint respect pénétré pour leurs Muses;
Et s'il trouble d'un mot leur silence affecté,
Pense faire un larcin à la postérité.
Tel à ses déjeûners doit un peu d'influence;

Tel autre vers midi donne son audience.
Dans son lit étendu, sous des rideaux d'azur,
Où se glisse à regret la clarté d'un jour pur,
Dans un boudoir charmant, où l'art des Praxitéles
A reproduit Vénus sous vingt formes nouvelles;
Ceint du bandeau nocturne, offrant, à l'œil charmé,
L'image d'un héros sous Créops embaumé,
Et qui, des temps jaloux désarmant la furie,
Orne du Muséum la longue galerie;
Ou tel, en son orgueil, qu'une chauve-souris,
Qui du temple des Dieux habite les pourpris,
D'un souris bienveillant il flatte, il encourage
Le rimeur nouveau né qui vient lui rendre hommage.
—Eh! bonjour, *homme aimable!* embrassez-moi bien fort.
On vous voit rarement, et vous avez grand tort.
Quand je cause avec vous, je ne me sens pas d'aise :
Ici, *petite bonne,* approchez une chaise.
Du Pinde chancelant vous voyez un soutien ;
C'est notre ami commun. Eh bien ! mon cher, eh bien !
Comment gouvernez-vous l'auguste poésie ?
A propos, cette nuit il m'a pris fantaisie
De *mûrir* quelques vers, qu'hier furtivement
Je roulai dans ma tête. Oh ! le tour est charmant ;
Vous connaissez Beaufort : je dînais chez la dame,
Et contr'elle en dînant je fis une épigramme.
La forme en est piquante, et le tour assez vif ;
Vous allez en juger. Sur son front convulsif
Se répand à ces mots une maligne joie :
En sons aigres et durs son fausset se déploie,
Et de la pantomime appuyant le débit,

Sous ses bonds inégaux il fait gémir son lit.
Le rimeur stupéfait et pourtant en extase,
Répète chaque mot, se pâme à chaque phrase,
Adule la Momie ivre d'un tel succès,
Soutient que ce *dixain* charmera les Francais,
Que Phébus l'a trempé dans les flots d'Aonie :
Mais d'entendre ses vers ou témoigne l'euvie. ...
Qui ne cède, en ce cas, au plus léger desir ?
Il les a lus. — D'honneur, ils m'ont fait grand plaisir;
Vous avez de la grâce, une finesse extrême ;
Vous me semblez nourri d'Horace et de moi-même.
Allez et songez bien, noble et brillant espoir,
Qu'à l'Institut un jour vous pourrez vous asseoir.
Qu'on ose après cela railler un tel Mécène,
Vous verrez l'écolier descendre dans l'arène,
Vous dire que Pindare, *absent* des sombres bords,
Dans le Louvre enchanté répète ses accords.

Voilà donc les secrets, voilà donc les manœuvres
Qui mettent en crédit leurs insipides œuvres.
Comme je m'abusais ! Insensé, j'avais cru
M'opposer au torrent de jour en jour accru.
Je voulais démasquer nos *Lebruns* gigantesques;
Je voulais, signalant tous leurs écrits grotésques,
Dans le creuset du goût par mes soins éprouvés,
Marquer ces faux élus du sceau des réprouvés.
Je me flattais alors qu'éveillés par mes rimes,
Et convoitant enfin des succès légitimes,
Des beaux arts réjouis courtisans assidus,
Ils sauraient réparer tant de momens perdus.
Vain espoir ! je ne sais quelle aveugle démence

Egare encor leurs pas dans un dédale immense ;
Pour rimer au hasard leur prête des raisons,
Et fixe leurs destins aux Petites-Maisons.
A leurs premiers penchans ils sont toujours fidèles :
Pareils, en leurs écarts, à ces ânes rebelles,
Qu'un guide au bras pesant veut diriger en vain ;
Qui bravent le bâton, et sur un grand chemin,
Au plus étroit sentier donnant la préférence,
Tout au bord des fossés trottent en assurance.

Je me suis tû vingt mois : depuis vingt mois entiers
Je voyais en espoir reverdir leurs lauriers.
Médecin attentif, j'épiais en silence
Le moment fortuné de leur convalescence ;
Ils ne guérissent pas, et quelques mille vers
De leur longue agonie instruisent l'univers.
Plein de zèle, je cours chez Laran et Desenne,
Où brillent étalés les doux fruits de leur veine.
Quel format élégant ! quel beau papier vélin !
Il est humide encor des presses de *Firmin*.
Ce luxe me paraît d'un fortuné présage :
Mais connaissons d'abord le titre de l'ouvrage.
Le voici : *Choix de vers imités d'Ossian*.
Bon : ce genre me plaît. Combien, M. Laran ?
Cinq francs. — Vous êtes cher. — Monsieur, c'est du sublime ;
Saint-Ange vient d'en faire un extrait anonyme.
Je cède, et choisissant telle autre nouveauté,
Je retourne au logis d'un pas précipité.
O ciel ! qu'ai-je entendu ? De la harpe gallique
Est-ce le son plaintif, doux et mélancolique ?

Du Barde belliqueux est-ce la majesté,
Le noble enthousiasme et la mâle fierté ?
Quel langage barbare est sorti de sa bouche !
Il n'a plus la douceur, le charme qui me touche :
De l'amour, des combats le chantre harmonieux
N'est plus qu'un petit-maître au jargon précieux.
N'était-ce point assez que, Gilles de la scène,
Chénier de six bâtards eût doté Melpomène,
Qu'il eût, par des rapports ennemis du bon sens,
Sous la pourpre et la toque endormi les Cinq-Cents ;
Que, de la liberté Pindare sans noblesse,
Il eût au Champs-de-Mars fait bâiller la déesse ?
Il lui fallait encor mutiler Letourneur,
De l'Homère écossais flétrir l'antique honneur,
Comprimer les élans de sa fougue guerrière,
Et mettre en bouts rimés sa gloire toute entière.
  Lisons Lebrun, Lebrun par lui-même fêté,
Lebrun qui se complaît dans sa divinité,
Sans doute, plus jaloux de sa cause *immortelle*,
Aux saintes lois du goût est devenu fidèle,
Me dis-je ; et tout-à-coup, d'un beau zèle enflammé,
Je parcours de Buhan le journal inhumé.
Hélas ! l'ode fatale à mes yeux se présente ;
J'y cherche vainement cette marche imposante,
Ces lyriques écarts, ce vol audacieux,
Rival du vol de l'aigle habitante des cieux :
Je n'y vois qu'un amas de confuses pensées,
Et sans ordre, et sans grâce, et sans choix entassées ;
Qu'un mélange incorrect de mots usurpateurs,
De la langue et du goût vampires destructeurs.

Sur de nouveaux écrits veux-je tourner ma vue ?
Chaque ligne m'arrête ou m'offre une bévue ;
Toujours dans leurs auteurs la même obscurité,
Le même sot orgueil, la même nullité.
C'en est trop ; le dégoût me poursuit et me gagne.
Mieux encore vaudrait que de Victor Campagne
Je subisse les *mœurs* une seconde fois.

Ainsi donc à l'estime ils n'auront aucuns droits ;
Ainsi, frêles jouets d'une impie arrogance,
Ils vivront et mourront dans leur impénitence.
N'en soyons point surpris : tel dût être leur sort ;
Même au sein des écueils la Sottise s'endort.
Le vrai talent les fuit ; et, dans sa marche égale,
Rend graces au flambeau dont l'éclat les signale.
Sur la mer turbulente où vogue son esquif,
Il s'abandonne aux soins d'un pilote attentif.
Ce pilote est l'ami dont la censure austère
Sur ses moindres défauts ne sut jamais se taire,
Et qui, sourd à la voix d'une fausse amitié,
Approuve avec réserve, ou blâme sans pitié.
Eh ! que d'écrits fameux sont dûs à la critique ;
Seule elle rend plus verd le laurier poétique.
Elle est un sentinelle inquiet, vigilant,
Qui d'un sommeil oiseux réveille le talent.
Boileau fut pour Racine un guide salutaire ;
Fréron plus d'une fois électrisa Voltaire,
Et Delille, peut-être aux notes de *Clément*
De son magique vers a dû l'enchantement.
Mais ce noble abandon, ce courage docile,
Qui cède sans faiblesse à tout conseil utile,

Aux Immortels du jour ne tomba point en lot.
N'en croire que soi-même est le cachet du sot.
Non, ils n'obtiendront pas de triomphes durables ;
Ma Muse leur assigne un poste aux incurables.
Il ne me reste plus, et j'en dois soupirer,
Que le pieux espoir de les administrer.

NOTES.

De leurs lourds jugemens, de leur longue revue.

Deux pamphlets où tous les littérateurs de Paris sont déchirés par ordre alphabétique.

Langle, Grand de la Leu, Groubert de Groubental.
DIIS IGNOTIS......

Ici petite bonne......

Aujourd'hui madame Lebrun.

Vous connaissez Beaufort. . . .

Muse aimable et digne rivale des Viot et des Dufresnoy. On connait son Idylle aux violettes et ses romances. Celle du vieillard sur-tout est un chef-d'œuvre de délicatesse et de sentiment. Lebrun lui défend les vers, mais tout le Pinde les lui permet.

Le voici : choix de vers imités d'Ossian.

Plusieurs écrivains se sont essayés dans le genre d'Ossian. Les uns se sont astreints à conserver toutes ses formes, sans conserver sa physionomie ; les autres, dénaturant son style ont substitué un burin trop élégant à ses crayons larges et ténébreux. Plusieurs enfin se sont bornés à rimer péniblement la prose harmonieuse de Letourneur. Presque tous ont manqué leur but. Ossian sorti de leurs mains n'est plus qu'un corps gigantesque, sans mouvement et sans vie. Fontanes est le seul qui se soit pénétré de son génie et qui en ait rendu les beautés. Tout le monde connait le début mélancolique et musical de son chant du Barde.

    « Tranquille je veillais assis sous un vieux chêne,

    « Le génie orageux, précurseur des hivers,

    « Soupirait tristement le long des bois déserts ;

    « Et du flambeau des nuits la lumière incertaine

    « Brillait, en tremblant, sur les mers, etc. »

Voilà Ossian : le traducteur s'évanouit, pour le céder au poëte.

MON DERNIER MOT.

Ainsi donc sous leurs traits chacun a pu les voir;
J'ai placé devant eux un fidèle miroir;
Eux même, à sa vertu contraints de rendre hommage,
Ils ont, pâles de honte, avoué leur image.
Quel courroux, justes dieux, enflamme leurs esprits!
De confuses clameurs importunant Paris
Les voyez-vous s'unir, se former en phalange,
Déchaîner Palissot, démuseler Saint-Ange?
Entendez-vous mugir ce peuple de benêts,
Grands auteurs, si j'en crois la Clef-des-Cabinets?
On dirait à leurs cris, à leur marche troublée,
Que dans ses fondemens la France est ébranlée.
L'un rimeur étourdi, de près suivant mes pas,
Me lance un trait léger qui ne m'effleure pas;
Et l'autre, avec effort, soulevant la Décade,
M'accable sous le poids de sa prose maussade.
Quel est donc mon forfait? ai-je, nouveau Vatar,
Changé ma plume en glaive et le sang en nectar?
Non, j'ai ri seulement des écarts de leurs Muses;
J'ai trahi le secret de leurs petites ruses;
J'ai défendu le Mont qu'ils voulaient envahir:
J'ai su les mépriser; je ne sais point haïr.
D'ailleurs, par vos succès démentez ma sentence:
Au tribunal du goût prouvez votre innocence,

Messieurs, dictez des lois au lecteur étonné,
Et votre juge alors reste seul condamné.
Je ne mets plus de borne au zèle qui m'anime,
J'abjure pour Chénier, le père de Monime ;
Je cours dans nos boudoirs, d'un ton religieux,
Lire tout Ginguené, conter tout Andrieux ;
En faveur d'Atticus ma Muse se dévoue :
Je suis prêt à louer le journal qui le loue ;
Au sein de la tribune, au milieu du sénat,
Je débite, à grand bruit, la prose de Garat ;
Je décerne, entraîné par mon zèle lyrique,
A Catulle Brunet, le sceptre pindarique.
Je tolère Pigault, je fais plus : j'applaudis
A Dorat dans Cubière, à Favart dans Piis :
J'entoure Boisjolin du sacré diadême ;
Je vais jusqu'à prôner. . . . Qui...Mazoyer lui-même.
      D'un si beau dévouement vous seriez satisfaits !
Et bien, nobles guerriers, calculons vos hauts faits :
Avez-vous des talens aggrandi le domaine,
Et d'un nouvel éclat entouré Melpomène ?
Verrai-je dans sa cour vos disciples heureux,
Marchant d'un pas égal à des succès nombreux,
Fermes dans le chemin tracé par les Corneilles,
A mon siècle du moins rappeler leurs merveilles ?..
Ah ! vos drames pleureurs ne sont qu'un froid jargon,
Qu'un dégoûtant amas de sang et de poison,
Qu'un mélange confus de malheurs et de crimes,
De tableaux surannés, de stériles maximes,
De songes, de récits.....L'auditoire en langueur,
Mesure avec effroi leur mortelle longueur.

Fuyons loin d'une scène à jamais avilie.
Sans doute par ses jeux la folâtre Thalie
Va réjouir mon cœur de forfaits attristé. . . .
Elle-même a perdu son aimable gaîté.
Je ne reconnais plus ce théâtre, où Molière
Sur nos moindres travers épandait sa lumière;
Où le pédant, le fourbe, et l'avare, et le fat
S'offraient à nos regards, honteux de leur éclat;
Où, par des traits malins, la foule réjouie,
Livrait à l'enjoûment son ame épanouie. . . .
Bon, s'écrie un censeur blessé de cet écart,
N'avons-nous pas Colin? Ignorez-vous Picard?
Fussiez-vous plus caustique et plus atrabilaire. . .
—Il est vrai. Dorival, le vieux Célibataire,
Dignes de notre encens, l'obtiennent sans effort.
Mais qui peut retenir un trop juste transport,
Quand de cent baladins la horde grimacière
Ose mettre en crédit l'équivoque grossière,
La froide allusion et le vain cliquetis
De pointes et de mots entr'eux mal assortis?
Heureux, heureux du moins, si leur rage inhumaine
D'un déluge de vers n'inondait que la scène.
Mais quelle folle ardeur, troublant tous les cerveaux,
Peuple nos dix faubourgs de Scuderis nouveaux!
Les voyez-vous, tout fiers de leurs sottes brochures,
A l'envi s'abreuver et de fiel, et d'injures;
A l'envi s'arracher quelques brins de chardon
Et transformer le Pinde en autre Charenton.
Leur troupe fanatique, en tous lieux répandue,
Me suit dans les salons, me poursuit dans la rue,

Fatigue ses crieurs, à l'envi déchaînés,
Et placarde l'ennui sur nos murs indignés.
Sous leurs doigts, à longs flots, sans cesse l'encre coule.
L'un sur l'autre portés, ils assiègent en foule
Le docile Laran, l'infortuné Cailleau.
Rosni de cent pamphlets appauvrit Ragouleau;
Amalric, de l'emprunt ardent panégyriste,
Pour rédiger la *Clef* se croit un publiciste.
Morellet, de *Burney* mutile les romans,
Défigure les traits de ses héros charmans,
Emprunte les pinceaux de la sombre *Radcliffe*,
Des diables, des sorciers ouvre la double griffe,
Charge d'ombres, de morts, ses tableaux imposteurs,
Et fait à chaque mot frissonner ses lecteurs.
Brunet complaisamment entasse les images,
S'enivre sans pudeur de ses propres hommages;
Par nos derniers neveux se croit déja cité,
Et proclame, à grands cris, son immortalité.
  Tandis qu'importuné de ces fades merveilles,
Chacun ferme ses yeux, ou bouche ses oreilles,
Quand tout un peuple bâille, ils jouissent en paix.
L'ennui qu'inspire un sot ne le gagne jamais.
Où donc le dieu des arts fixe-t-il son empire?
Quoi! lorsqu'en ces climats l'ignorance conspire,
Il n'est pas un réduit, un asile écarté
Où ce dieu bienfaiteur respire en sûreté?
Quelle main renversa ces augustes colonnes,
Où quarante Immortels suspendaient leurs couronnes;
Ce temple harmonieux, où, le front ceint d'éclairs,
Les déesses du Pinde entonnaient leurs concerts;

Où, rayonnaient au sein d'un vaste sanctuaire,
Ces feux, astres brillans du monde littéraire?
Hélas ! où retrouver le temple des beaux arts,
Et, comment rassembler ses décombres épars?
Ses prêtres ont perdu leur céleste délire;
La foudre dans leurs mains a consumé la lyre.
Eux-mêmes abreuvés d'opprobres, de revers,
Echangent leurs lauriers contre d'indignes fers.
Aux applaudissemens d'un peuple vil et lâche,
La tête de Bailli va rouler sous la hâche.
Condorcet dans les bois fuit le glaive assassin;
Il périt lentement dévoré par la faim.
Près du terme fatal d'une illustre carrière,
Alors que les bourreaux vont fermer sa paupière,
Lavoisier veut au moins différer ses tourmens
Pour enrichir les arts de ses derniers momens;
Il demande un seul jour...On se tait...Il succombe;
Ses secrets, avec lui, s'abîment dans la tombe.
    Encor si la patrie eût, par des soins tardifs,
Secouru, rassemblé leurs rivaux fugitifs ;
Si, payant à leur gloire un tribut authentique,
Elle les eût assis sous un nouveau portique!
Mais Delille languit sous de rustiques toîts :
Saint-Lambert au silence a condamné sa voix :
Tous les fils d'Appollon, dont la France s'honore,
Long-tems ont fui la mort, et se taisent encore.
    Cependant qu'ils erraient, d'insolens écoliers
Usurpèrent leurs droits, et non pas leurs lauriers.
Les pédans et les sots, bruyante populace,
Sur leurs trônes déserts osèrent prendre place ;

Ils dictèrent des lois : le Goût tremblant se tut;
Et du sein du cahos vit jaillir l'Institut:
L'Institut, corps sans ame, obscur aréopage,
Où la main du hasard, marquetant son ouvrage,
Unit la pierre brute au rubis lumineux.
Tel le Centaure offrait, dans les temps fabuleux,
A l'œil épouvanté de sa stature énorme,
De l'homme et du cheval l'assemblage difforme.
Arrêtez! va me dire un censeur pétulant,
Dont l'Etat a gagé le modique talent,
Arrêtez : l'Institut, si connu dans l'Europe. ...
—Oui, dussé-je emprunter la besace d'Esope,
Je veux à mes dédains donner un libre essor.
Que Cabanis s'irrite et me blasphême encor!
Ne puis-je fustiger tous ces nains qu'il révère ?
Le barbare autrefois disséqua bien Homère!
  Vous allez, je le vois, dans ce triste Sénat
Choisir quelques talens dont j'admire l'éclat;
Vous armer du burin qui créa Virginie,
Du Menande français m'opposer le génie ;
Peindre Lalande, au gré de l'art qui le conduit,
Soumettant au compas les astres de la nuit;
Lagrange dévoilant les mystères d'Euclide ;
Du Pline de Monbar qu'il a choisi pour guide
D'Aubenton couronnant les sublimes travaux;
David de Protogène éclipsant les rivaux,
Etalant l'univers sur la toile animée. ...
Soit : mais associer à tant de renommée,
Selis, bouffi de grec, le pâle Ginguené,
Fier du demi-succès qui l'a tant étonné;

Le comique Andrieux, dont la Muse traîtresse
Regimbe en hennisant sous le fouët qui la presse ;
M'offrir aux mêmes lieux, bizarrement unis,
Domergue et Palissot, Colin et Cabanis ,
Cabanis réprouvé d'Appollon, d'Esculape,
Qui craint peu qu'un malade, ou qu'un auteur échappe,
Qui frappe à coups pressés, et dans ses jeux divers,
Mutile tour-à-tour les hommes et les vers ! ...
Absurdes déïtés, qu'un autre vous encense !
Moi, fléchir devant vous, croire à votre puissance !
Applaudir aux écrits que j'ai su dédaigner !
Autant vaudrait les lire et presque les signer.
Mais rien ne les émeut. Leur sombre inquiétude
Veut convertir le Pinde en vaste solitude.
Ils mettent leur mépris, leur éloge à l'encan ,
Décernent tour-à-tour la palme et le *carcan*,
Condamnent leurs vainqueurs à la dernière place ,
Rachètent le talent par l'excès de l'audace ,
Pressés de toutes parts , veulent tout effrayer,
Et ferment le chemin qu'ils n'ont pu se frayer.
Leur secte autour de nous croît, pullule, fourmille.
Ils n'ont qu'un même esprit, ne font qu'une famille ;
Quiconque d'un grand homme imitateur heureux,
Dans une prose exacte, ou dans des vers nombreux,
Suit, en digne rival, les pas de son modèle,
S'il n'est à chaque tour, à chaque mot fidèle,
S'il omet un accent, un seul point... dans l'oubli,
Grace à leur saint courroux, se perd enseveli.
Pour eux l'arène est libre, et la couronne est prête,
    Tandis que le génie au fond de sa retraite,

Alligne avec méthode un vers laborieux,
Qu'il respecte du goût les droits impérieux,
Que la rime, toujours, par la raison guidée,
Accorde sous sa plume et le mot, et l'idée,
Que, les regards ouverts sur ses moindres défauts,
Tremblant, dans chaque juge, il voit un Despreaux;
Eux, certains du succès, même avant que d'écrire,
Maniant au hasard les crayons et la lyre,
Imitent ces chevaux inquiets, vagabonds,
Qui rompent leurs liens, qui s'échappent par bonds,
Se fatiguent sans but; et franchissant la plaine,
Dans les marais fangeux, vont tomber hors d'haleine.
Ils entassent les vers, les roulent en ballot,
Recommandent leurs noms aux presses de Didot,
Et respirent déja la publique louange.
En vain de tant d'orgueil leur opprobre nous venge,
En vain l'art indigné de leurs obscurs pamphlets,
Les enterre gaîment au bruit de ses sifflets,
Ils blasphêment leur siècle, et leur Muse flétrie
Dit qu'on outrage en eux les lois et la patrie.

Eh! messieurs, ces clameurs ne sont plus de saison;
Mépriser vos pareils, c'est venger la raison.
N'avez-vous pas créé le lourd néologisme,
Du poétique Mont exilé l'atticisme?
Et vous osez briguer l'honneur du premier rang?
Non, non, l'école est là; retournez à son banc.
Las enfin de poursuivre une vaine chimère,
Feuilletez la syntaxe, apprenez la grammaire,
Analisez Luneau, commentez Dumarsais;
Qui veut charmer Paris, doit savoir le français.

Ce n'est pas tout encor, je veux que vos pensées
Tendent au même but, l'une à l'autre enlacées.
Que la logique alors les suive dans leur cours,
Leur prête à chaque instant un utile secours ;
C'est peu que de rimer, j'exige qu'on raisonne.
Vous donc qui prétendez à la double couronne,
Sachez que pas à pas il faut s'en approcher,
Et souffrir la lisière avant que de marcher.
Avec plus de rigueur, gourmandant ses adeptes,
Un autre ajouterait à ces humbles préceptes ;
Lisez, vous dirait-il, nos poëtes fameux :
Que je retrouve en vous ce que j'admire en eux.
Imitez les accens de leur lyre sonore,
Et laissez-moi penser que je les lis encore.
L'aristarque a raison.... J'honore ces avis :
Mais d'avance par vous, ils sont trop bien suivis.
Faut-il chanter Bellone ou bien la *calomnie ?*
Vous avez la mémoire au défaut du génie.
Je sais de quelle main vous allez emprunter,
Et sans vous avoir lus, je puis vous réciter.
Trente auteurs, pour orner vos ouvrages postiches,
Ont trouvé tout exprès, les brillans hémistiches ;
Chacun de vous, messieurs, est un adroit larron,
Et vous auriez usé le chapeau de Piron.
Mais à combien d'assauts mon audace m'expose !
Un ramas d'écoliers embrasse votre cause.
Remplis de vos leçons qu'ils débitent par-tout,
Ils traversent Paris de l'un à l'autre bout,
Me nomment hautement impie et sacrilége.
Petits roquets, en vain votre foule m'assiége ;

Dans la Décade, en vain vous jappez à-la-fois,
Vous mordillez en vain et ma plume et mes doigts,
De vos maîtres chéris le bataillon chancelle ;
Perdez-vous avec eux dans la nuit éternelle.
Eh ! ne regrettez pas leur empire détruit :
Jamais sans les sifflets ils n'auraient fait de bruit.
    D'ailleurs, ils n'ont subi qu'une métamorphose.
Grace au systême heureux de la métempsicose,
Mon œil les suit encor, de toutes parts errans,
Mûs par le même instinct, sous des traits différens.
Saint-Ange radieux, poussant un cri de joie,
S'élève pésamment sur les ailes de l'oie.
Boisjolin , sot hibou, vient attrister encor'
De ses sauvages cris la forêt de Windsor.
Pillet voltige et chante , étourdie alouette,
Sous l'œil de l'épervier dont l'appétit la guette.
Cabanis, digne chef des corbeaux assemblés,
Rode autour des cercueils que lui-même a peuplés.
Un singe grimacier, au quai de la Ferraille,
Par ces burlesques tours attire la canaille,
Insulte le passant et fait rire le sot :
Ah ! je le reconnais, c'est lui, c'est Palissot.
Lucet présente au bât, son dos humble et fidèle.
Sur le gazon naissant bondit la sauterelle ;
Sa petitesse, hélas ! la dérobe à mes yeux,
Elle fuit.... Je l'atteins, et j'écrase Andrieux.
Lebrun devient Butor, et Mazoyer Bécasse ;
Dans un étang bourbeux merard-St.-Just croasse.
Le célèbre Atticus et ses doctes amis
Veulent gravir un mur, diligentes fourmis,

Et, quand, lestés d'un grain ils tentent l'escalade,
Je crois les voir grouppés autour de la Décade.
Pankoucke, vers Plutus prit un essor heureux :
Les livres, les journaux allaient combler ses vœux,
Il s'approchait du but. ... Ses guides le déroutent;
Il n'est plus qu'un chardon et des ânes le broutent.
Et voilà donc le prix des plus nobles efforts.
On a lu les écrits, et les auteurs sont morts :
Sous mes coups dans la tombe on les a vus descendre...
Que l'oubli de son voile enveloppe leur cendre.

NOTES.

Entendez-vous mugir ce peuple de benets?

On peut l'avouer, quelques prétentions littéraires seraient permises à Garat, mais au pauvre Lucet. . . . . . Une seule page de son journal des Dames vous convaincra de sa nullité. Femmes charmantes! vous dont les beaux yeux ne doivent se reposer que sur des roses ou des vers qui en ont la fraîcheur, que je vous plains si vous lisez ceux qu'il vous adresse ; et cet embrion littéraire veut dicter des oracles ! et il juge sans appel ! qu'avec raison on pourrait lui appliquer, ainsi qu'à ses dignes collaborateurs, ce passage d'une épître de Pope :

    « Ah ! je connais trop bien nos graves aristarques,
    « Stériles en génie, et féconds en remarques,
    « Le zèle, le travail, la mémoire, ils ont tout,
    « Excepté du bon sens, de l'esprit et du goût ».

Le barbare autrefois disséqua bien Homère.

Dans les notes du poëme des mois se trouvent quelques fragmens d'Homère mis en vers par Cabanis. L'infortuné Roucher, malgré les éloges qu'il prodigue à son génie naissant, n'a pu lui conquérir l'immortalité.

Condorcet dans les bois fuit le glaive assassin.

J'aurais pu ajouter aux noms de ces illustres victimes ceux de Roucher et d'André Chénier. Mais long - temps avant moi, plusieurs hommes de lettres ont jeté des fleurs sur leur tombe. Joseph Chénier, lui - même, vient récemment d'honorer la mémoire de son jeune frère. Ses regrets où respirent la sensibilité la plus profonde, et une douleur qui n'est point simulée, suffisent pour éteindre un soupçon que la calomnie a vainement voulu accréditer. Que n'est-il aussi facile de le croire un bon poëte qu'innocent d'un pareil forfait !

Vous armer du burin qui créa Virginie.

Allusion à Bernardin-de-Saint-Pierre, auteur du roman qui porte ce titre.

Du Pline de Monbar. . . .

Monbar est une terre située en Bourgogne, que Buffon habitait presque toujours.

David de Protogène éclipsant les rivaux.

Protogène était un fameux peintre de l'antiquité; tout le monde sait la manière ingénieuse dont Apelle, attiré à Rhodes par le bruit de sa réputation, se fit connaître à lui.

Et vous auriez usé le chapeau de Piron.

Un jeune homme lisait à Piron une tragédie. Ce dernier qui écoutait avec beaucoup d'attention chaque vers, levait fréquemment son chapeau. L'auteur, surpris, lui demanda la raison de cette pantomime. Monsieur, répondit Piron, c'est que j'ai l'habitude de saluer les personnes de ma connaissance par-tout où je les rencontre.

De Catulle Brunet. . . .

Brunet n'est pas seulement Pindare. Il est encore Lucrece, Tibulle, Catulle, Newton. . . . . Lisez l'ode dans laquelle il s'immortalise. . . . . Habemus confitentem reum.

Fabien Pillet. Rimeur innocemment malin, auteur de la Revue et d'un livre entier d'épigrammes, c'est le second Rosni.

9 782014 060256